KB110899

시소의 감정

시소의 감정

김지녀 시집

민음의 시 158

민음사

열다섯의 소녀로 돌아가

영원히 이 시집을 읽지 못할
아버지께 드립니다.

自序

빨갛고 노란 잎들 앞에서
나는 배경이 된다.

다같이
가을.

2009년 지녀

차례

2부

3부

1부

耳石

이것은 귓속에서 자라나는 돌멩이에 관한 기록이다

귓가에 얼어붙는 밤과 겨울을 지나 오랫동안 먼 곳을 흘러왔다
시간을 물고 재빠르게 왔다 부서지는 파도의 혀처럼
모든 소리들은 투명한 물결이 되어 나에게 와 덧쌓이고
뒤척일 때마다 일제히 방향을 바꿔 내 귓속, 돌멩이 속으로 돌돌 휘감겨 들어간다

이것은 소리가 새겨 놓은 무늬에 대한 기억이다

돌멩이의 세계에는 지금 비가 내리고 있다
창문을 닫고 누워 처음으로 지붕이 흘려보내는 말을 들었을 때 나는 캄캄한 밤을 떠다니는 한 마리 물고기에 불과했다 몸에 붙어 있는 비늘을 하나씩 떼어 내고 조금씩 위로 올라가 지붕에 가닿을 듯 그러나 가닿지 못하고 지붕 위에서 소리들은 모두 꼬리지느러미를 흔들며 사라졌다 빗소리가 해를 옮기는 동안, 내 귀는 젖어 척척 접히고 나는 자꾸만 아래로 가라앉아 갔다 천천히 단단해지며 돌멩이

가 또 한 겹, 소리의 테를 둘렀던 것이다

언젠가 산꼭대기로 치솟아 발견될 물고기와 같이, 내 귓속에는 소리의 무늬들이 비석처럼 새겨져 있다

밤과 나의 리토르넬로

어젯밤은 8월이었어요 날마다 문을 열고 집을 나서는 사람들의 등 뒤로 여름이 가고 있지만 가을은 오고 있지만
나는 아직 한 장의 얼굴을 갖지 못한 흉상
여름과 가을 사이에 놓인 의자랍니다

나는 체스의 규칙을 모르지만
우리를 움직이는
밤과 낮의 형식을 좋아해요

눈을 감았다 뜨면
감쪽같이 비가 오거나 목소리가 변하거나
나무들이 푸르러졌어요

누군가 피를 토하면서도 다리를 꼬고 있다면
그건 죽음에 대한 예의일 것이고
누군가 문을 두드린다면
그건 나에 대한 의심일 테지만
나는 너무 조금밖에 죽지 못했다*고 말할 거예요

사소한 바람에도 땅을 움켜잡는 나무가
의자에 붉은 잎사귀 몇, 뱉어 놓는 밤에

나의 입안에선 썩은 모과 향이 꽃처럼 확, 피었다 지고 있어요

* 바예호의 시에서.

롤러코스터 피크닉

우리 피크닉, 갈까?
수많은 바퀴를 굴리며
서로의 뒤통수를 따라가며
걷지 않기
창문 없이
동공을 열어 놓기
뱃속에 한가득 공기를 집어넣고
떨어지기 위해 정상으로 천천히 오르고 있는 롤러코스터에 앉아서, 오직 앉아서

오늘은 높은 담장 위에 앉아
저 아래 걸어오고 있는 무거운 신발들에게 푹푹,
발자국 없이 놀다 가는 테크닉, 가르쳐 줄 거야
메아리치도록
맨발을 흔들어
맨손을 높이 들어

박쥐처럼 거꾸로 매달려 있다면 신나는 피크닉,
발바닥이 공중에 뜰 때

동그랗게 모였다 흩어지는 비명은
레일을 따라 빠르게 미끄러진다
누구도 들을 수 없게
높은 음을 내며
높은 음을 들으며
우리는 얇은 날개를 오므렸다 펼쳤다, 어디론가 날아가는
풍선, 뱃속의 공기가 다 빠지도록
고래고래
소리 지르는

우리는 끝없이 이어진 담장 위를 달린다
허리에 벨트를 꽉 조여 매고
각자의 동굴을 향해
태양을 향해
바람의 속도 속으로
머리카락을 흘려보낸다

멈출 수 없다면 아찔한 피크닉,
가파른 벽을 움켜쥔 나사못의 힘으로

나무가 계단이 하늘이

돌고 돌고 돌아

흩어지게

가볍게 사라지게

롤러코스터에 앉아서, 오직 앉아서

우리 이렇게 잠깐 동안, 완전히 자유롭다는 듯이

루나틱 구름에 휩싸인 얼굴

창문 없는 방에 누워 있으면 어느 순간 이마에 고인 미열이 참 따뜻하다
무릎 나온 바지를 입고 잠든 엄마 뱃속
여기는 얇은 주름이 잡힌 호수의 밑바닥
손톱으로 긁어 보면
이곳에 살다 간 사람들 살냄새가 바스스 일어나 말을 건네고
기침이 많은 밤을 나는 소름 돋는 눈빛으로 느낀다
낯선 구름을 데리고 온 계절 앞에서
내 얼굴은 곰팡이 슬어 가는 벽이 되었다가 깊은 우물이 되었다가 하얗고 동그란 달*이 되었다가
다시 들여다보면 아무것도 끌어 담지 못하는 그물
나는 한 달에 한 번 사라지는 그늘
어제는 이곳에 나를 뚝 떼어 놓은 배꼽이 간지러워 바닥을 뒹굴거리다
목이 말랐고
목매달고 싶었다
그러나 식물처럼 가만히
내 안에서 흐르는 물소리를 들을 때

몇 겹으로 덧바른 꽃무늬 벽지에선 시간의 뒷모습 냄새가 났다

가끔 얼굴을 씻고 저녁을 만나도

저기 저 북극에서 보내온 편지에는 차갑고 무거운 글자들이 떠다닐 것만 같고 그 편지의 두 번째 혹은 네 번째 줄에는

누군가 흘리고 간 웃음이 얼어 있을지 모른다, 는 생각

오늘은 내 뒷모습이 보고 싶다, 라고 쓴다

식어 가는 이마에 금방이라도 부서질 것 같은 유리병에

지구의 기울기를 느끼는 이 순간에

푸른 나뭇가지 끝에 걸려 점점 일그러지는

얼굴, 나는 한 달에 한 번 추억되는 구름

* 문 페이스(Moon face): 우울증 치료제의 부작용으로 생기는 증상.

드럼 연주법

먹은 것을 다 게워 내고
비로소 내가 쓸쓸한 가죽으로 누워 있다는 걸 알았다
그릇처럼 흰 속살을 드러내지 않아도
가장 밑바닥까지 내려가는 떨림의 속도와 강도를
나의 가죽으로부터 느낄 수 있다
팽팽하게 잡아당겨진 가죽으로부터
나는 속이 텅 빈 종이에 가깝다
그때 내 성대는 나로부터 가장 멀리에서 멈춰 있다
밤새도록 비가 내려
두드려도, 희망은 열리지 않는 철문
철문을 뚫고 유령처럼 나를 빠져나가는 소리를 들을 때
다만 배가 고프다는 것
비어 있다는 사실로부터
나는 거의 동물에 가깝다는 것
그러므로 나의 소리는 얼룩져 있다
기린 표범 물개의 무늬처럼 어떤 패턴처럼
공백(空白)의 공포로부터 달아나기 위해
아름다운 가죽이 되기 위해
나는 꼭 다문 입술로

언제라도 비를 맞으면서 걸어 다닐 수 있다
어떤 무늬로든 소리 낼 수 있다

칙칙과 폭폭 그리고 망상

나를 위해 노래해 줘 뱃속에서 잠자는 망상을 깨워 줘 기차는 또 달리지 같은 레일 위에서 칙칙, 사람들은 시끄럽게 떠들고 있지 칸과 칸 사이를 폭폭 질주하지 몽유병을 앓는 것처럼

달려야 해 용기가 필요해 칙칙한 노래는 듣기 싫어 나를 폭폭, 갉아먹는 망상은 희망이야 터널을 뚫는 힘이야 역마다 잘 가꿔진 꽃나무가 꽃을 버리기 위해 흔들려

한 병의 소주와 갈기갈기 찢어진 오징어 다리 사이에서, 내 이름은 너무 고유해서 고유할 뿐 그렇지만 칙칙, 아무도 나를 불러 주지 않네 내 노래는 오래전부터 무감각해 여긴 어디야? 이곳은…… 폭폭,

누구나 가슴속에 새장은 있다네 밤마다 새장을 칙칙, 쪼아 대는 새를 키우고 있다네 등에는 화살에 찔린 자국이 선명하게 남아 있지 살짝만 건드려도 비명이 폭폭, 나올지 모르지

아까부터 머리가 아파 나를 위해 노래해 줘 흘러 다니는 의자를 위해 소주를 따라 줘 난 오징어의 눈을 찾을게 사람들의 수다를 치료해 줘 그리고 달려 줘.

크래커

수백 개의 다이너마이트를 준비하고
폭파 전문가들은 콘크리트 벽에 뚫릴 구멍에 대해
토론을 시작했다
지구의 반대편에서
나는 그들과 함께 폭파 직전의 건물을 보고 있다
날씨는 쾌청하고
기온도 적당하다
크래커는 바삭바삭 잘도 부서진다
건물은 아직 그 모습 그대로 담담하게 서 있다
이미 깊고 큰 구멍의 뼈를 가지고
천천히 무너졌을 시간이 늙은 코끼리처럼
도시 한복판에 머물러 있다
까맣고 흰 얼굴들이 차례차례 지나간다
여러 번 크고 작은 눈빛이 오고 간다
벌컥벌컥 물 한 컵을 마시는 동안
아무렇지 않게 무릎을 꿇어 버린
벽과 창문과 바닥이
하늘 높이 솟았다 가볍게 흩어진다
방바닥에는 크래커 부스러기들이 잔뜩

떨어져 있다
먼지구름은 이제 곧 이곳을 통과할 것이고

A 그리고, a

에이, 라는 점에서 그들은 동일하다
낮에도 밤 같은 방에서
작은 여자 A는
밥 먹고 잠잔다 그리고 가끔, 웃는다
아직 오지 않은 애인을 위해
문을 걸어 잠그고
요리를 한다 매일
작은 여자 A와 무관하게
큰 여자 a는 계란을 삶는다
아직 떠나지 않은 애인을 위해
고개를 숙이고
흰자에서 노른자를 골라
쓰레기통에 버린다 그러나 웃는다 가끔,
초인종이 울리기도 한다
작은 여자 A와 큰 여자 a는
말을 하거나 하지 않는다
문을 열거나 열지 않는다
그들은 에이, 라는 점에서 동일하다
작은 여자 A와 큰 여자 a는

집으로 돌아오는 버스 안에서 덜컹거린다
서로를 알아채지 못한다

여진

수백 개의 뼈가 움직이기 시작한다
나로부터 가장 멀리까지 흘러갔던 바퀴가
다시 나를 향해 달려오나
끊어진 철로처럼 누워
불안한 진동을 감지하는 바닥인가
이 순간 나는 유신론자 아니 유물론자 아니 아무것도 아니
다만 닥닥 부딪치는 이빨을 소유한 자
그러나 나의 떨림에도 근원은 있다
차가운 내 살 속에도 자갈과 모래처럼, 또 나뭇잎처럼 켜켜이 쌓인 사람들이 있다
지붕 없이 이빨도 없이 새들은 벌써 이곳을 떠나고
뒤틀려 열리지 않는 문짝 속에서
나가지도 들어오지도 못하고 나는 휘어져 버린 시간
당신의 밤은 무사한가
오늘은 기차처럼 몸을 떨고
목소리는 나의 것이 아니고
그렇게 가만히 있으면 모든 사물이 제자리로 가기 위해 흔들린다, 는 생각

숨 쉴 때마다 더 낮은 곳으로 가라앉는 바닥
나무뿌리 같은 혈관들이 살갗으로 불거져 나온다
나를 떠난 것과 나에게 떠밀려 온 것
사이에서, 나는 뜨거워진다
온몸에서 문이 열리고 있다

스위치

이것은 일종의 정신이다
허리에 양손을 대고 좌우로 몸을 흔드는 이등병처럼
간단하고 절도 있게 눈을 깜빡이는 일이다
비행기가 빌딩을 들이박아도
땅이 갈라져 수없이 사람이 흙에 묻혀도
동요하지 않고
둘러앉아 아침과 저녁을 찬찬히 씹어 먹는 침착함의 미덕과 유사하다
탁!
껐다 켜는, 암전은 기술입니다
죽었다 살아나는 것은 기적이지만
기적을 바라는 것은 나쁜 습관입니다
거실에 불을 켜 놓고 잠드는 일도 마찬가지
암전의 기술은 예고 없이
우리를 겨울에 도착하게 합니다
탁!
무릎을 치는 순간,
필라멘트가 끊어진 줄도 모르고
나는 당신을 떠올린다

매달린 전구알처럼 태도를 바꾸진 않겠지만
당신은 어둠 속에서
어둠으로서 완전하게 열리는 중이다
탁!
내 안의 모든 스위치를 켠다
극과 극이 만나고 있다

서머타임

그때 우리는 남반구와 북반구의 계절이 교차하는 곳에서
이 세계에서 가장 높은 다리 위를 달리고 있었다
다리 아래 흰 구름이 회전판처럼 돌아가면
너무 일찍 죽은 가수의 노래가 입속에서 맴돌다 흘러나오고

우리는 사선으로 날아가는 새 떼인지 몰라
날개를 접었다 펴면서 이것은 우리가 할 수 있는 유일한 호흡
그 호흡에 익숙해지기 위해선 공중에서 죽어 가는 일에 대해 함부로 물어서는 안 되었지만

길은 난간 없는 나선형 계단처럼 구불거렸다 지나치거나 가혹하다고 느끼는 순간에, 우리는
어떤 경계를 지나고 있었다
이를테면 1시 59분에서 1분이 지난 후에 3시를 경험하는 서머타임처럼
단 한 번의 날갯짓으로 이 도시에서 다른 도시로 빠르게 옮겨 갔다

여름이었다 겨울이었다 여름과 겨울 사이에 놓인 오후였다
뜨거운 바람 속으로 달리고 있었고 우리는
거식증에 시달린 여자의 목소리를 사랑했다 서로의 등을 쓰다듬으며 허기를 달래 주어도

우리 앞에 놓인 길은 언제까지나 길고 높았다
가느다란 교각 위에서 떨어지지 않을 만큼 어지러운 장면을 함께 숨 쉬며 가끔씩 뒤를 돌아보았을 때
한 토막씩 잘려 나가는 샛노란 태양

어쩌면 우린 거대한 시간을 통과한 건지 몰라
공중에서 추락하며 질끈 눈을 감아 버리는 순간처럼 수많은 기억을 봉인한 채
이곳에 너무 일찍 도착했거나 지각했는지도

즉흥적인 대답

누군가 방을 통째로 옮긴 것이다
내가 누워 있는 곳은 바람이 자주 충돌하는 구름나무 숲
균형을 잃고 기우뚱거리는 바닥에서 곡선만큼 유연한 하늘의 움직임을 느끼며

나를 혀로 둘둘 말아 달아나는 동물의 입속처럼 끈적하고 따뜻한 어둠이다, 라고 생각할 때
끊어질 듯 끊어지지, 않는 초침 소리
그것은 내 옷에 새겨진 기하학적 무늬들처럼 영원한 발자국을 찍고

거스러미 많은 나무 뒤에서 아니면 구겨진 일기장 속에서
훔쳐보고 있는 것이다 얼굴 없는 자들이
내가 처음부터 잃어버린 단어나 문장의 감정을 품고 구부정하게 서서 굵고 낮게 떠들다 내 얼굴 위로 쏟아진다

이것은 일종의 신호다
나는 손가락으로 빽빽한 숲을 더듬거렸다
코끝에서 굳어 가는 냄새의 근원을 찾아 헤맸다

헤엄치고 싶었다 커다란 지느러미를 흔들며
구름 알갱이가 비가 되지 못하고 떨어지는 바닷가에서

사람들은 음악과 술에 취했다
나도 그들처럼 자주 취했다
지금 나의 눈빛이 가리키는 곳
헤픈 바람의 행로나 혈관만 남은 나무 그림자
이것은 얇은 의식 너머의 저쪽, 실루엣이다

그러나 모든 것은 잠겨 있다
녹슨 수도꼭지가 저 밑바닥에서 올라오는 물을 꽉 물고
놓아주지 않는 이곳에서
나는 성문(聲門)을 닫고
다만 오래 잠들었던 것이다

시소의 감정

아무것도 자기가 있을 자리에 없는 것, 이것은 무질서
아무것도 자기가 원하는 자리에 없는 것, 이것은 질서
—브레히트

시소는 한쪽으로 기울어져 있다

우리가 일제히 언니, 하고 불렀을 때
비인칭 주어처럼
길어서 다 부를 수 없는 이름처럼
언니는 해석될 필요 없이 거기에 앉아 있다

등을 돌리고
앉았다 일어섰다 탕! 탕! 날아가는 날들을 향해
돌을 던진다

언니의 하늘은 올리브색에 가깝다
오래됐군, 페인트 벗겨진 하늘을 팔레트 나이프로 긁어
낸다
가루가 되어 쌓이는 오늘의 날씨
조금씩 갈라진 감정의 흰 뼈들

낙천적이거나 비관적인 저녁 쪽으로
우리는 두껍게 하늘을 덧칠한다

차가운 동상(銅像)으로 언니를 기념한다

언니는 과묵하고 무심하고 작기도 한데
모랫바닥을 글자들로 구겨 놓고
어디로 가고 있을까

우리는 왜 한쪽으로 기울어져 있을까

코하우 롱고롱고*

롱고롱고, 이것은 새와 물고기의 인사법
나뭇가지가 푸른 잎을 흔들어 멀리 새를 부르고 바람을 일으키면
부드럽게 헤엄쳐 오는 새털구름

언젠가 섬에 숲이 크게 우거져 하늘이 작아졌을 때
사람들은 수많은 말을 배우고
서로의 손뼉을 치며 노래했지

모든 새들이 물고기와 교미했네 그리고 해가 태어났네**

바다는 푸른 뱃살을 흔들며 춤추고
롱고롱고, 섬은 아름다운 밤이 계속되었어
이름 없이도 따뜻한 입김으로
나무는 하루에 수천 번 다르게 빛나는 잎을 틔우고

새와 물고기를 닮은 사람들은
새소리 같기도 하고 물고기 지느러미 같기도 한 말들로
안부를 묻고

사랑을 하고
슬픔을 어루만졌지, 롱고롱고
그러다 아침이 오고

하늘과 바다가 만나는 곳에서
롱고롱고, 소리를 말고 있으면 오늘은 새와 나무가 되어
어쩌면 물고기가 되어
어디로든 흘러 다닐 것 같아
말하고 있지 않아도 말할 수 있을 것 같아
롱고롱고, 이렇게 입술을 동그랗게 모으고 있으면

* 이스터 섬의 아직 해독되지 않은 상형문자가 새겨진 나무 책.
** 서양의 한 언어학자가 해석한 롱고롱고의 문장 중 하나.

카페 아틀란티코*

일 년 내내 북쪽에서 바람이 불어오는 곳
당신은 밤의 태양을 부르네
손가락엔 담배를
입술은 검은색

맨손과 맨발로 기둥을 세우고
창문을 만드네
바다에 발을 담그고 있으면
연기처럼, 구름이 발가락 사이를 빠져나가
기둥과 창문이 흩어졌다 모이고

당신은 느긋하게 웃고
넓은 야자수 잎처럼 목소리는 흔들린다
아틀란티코,
아틀란티코,

출렁거리는 당신은, 남편이 셋
딸 둘 아들이 셋
늙은 심장과 다리는 검은색

일 년 내내 아프리카를 바라보는 의자
그곳에 앉아 당신은
쉬어도 좋다 보거나 듣지 않아도 좋다
어차피 지구는 부드럽게 돌고
당신은 의자에 앉아서 지구를 굴러다닐 수 있다
춤을 출 수도 있다

아틀란티코로 떠나는 정거장처럼
육중하게 서서 죽음과 헤어질 수도 있다
콧노래를 부르면서
밤을 기다리면서

* 세자리아 에보라(Cesaria Evora)의 앨범.

지구의 속도

천공(天空)이 아치처럼 휘어지고 있다
빽빽한 어둠 속에서
땅과 바람과 물과 불의 별자리가 조금씩 움직이면
새들의 기낭(氣囊)은 깊어진다

거대한 중력을 끌며 날아가 시간의 날카로운 부리를 땅에 박고 영원한 날개를 접는 저 새들처럼,
우리가 더 이상 살아갈 수 없는 일들에 대해 생각할 때
교신이 끊긴 위성처럼 궤도를 이탈할 때

우리는 지구의 밤을 횡단해
잠시 머물게 된 이불 속에서 기침을 하고
다정한 눈빛을 보내지만, 묵음의 이야기만이 눈동자를 맴돌다 흘러나온다
문득 창문에 비친 얼굴을 바라보며
서로의 어깻죽지에 머리를 묻고 잠들고 싶어도

근육과 뼈가 쇠약해진 우주인과 같이
둥둥 떠다니며 우리는 두통을 앓고

밥을 먹고 함께 보았던 노을과 희미하게 사라지는 두 손을 가방에 구겨 넣고는 곧 이 밤의 터널을 지날 것이다

어딘가로 날아갈 수밖에 없는 새들의 영혼처럼
누구도 알아채지 못하는 지구의 속도처럼
조용히 멀미를 앓으며
저마다의 속도로 식어 가는 별빛이 될 것이다

큰파란바람의 저녁

바람은 쉽게 땅에 발을 내려놓지 못하고 달아난다
강을 지나 일 년 내내 눈 쌓인 계곡을 지나
그러나 간단하게 뭉쳐지는 구름들 사이로
무섭게 직진하고 있는 태양의 기둥을 지나
벽을 뚫고
천 년 전에 만났다 헤어진 사람의 눈동자를 핥으며
지구를 만 년쯤 돌고 있는 바람이 이마에 와 닿을 때
국경을 넘어온 얼굴처럼 얼어 있는 저녁을 바라볼 때
나는 기둥, 이라는 제목의 나무
활엽에서 침엽으로 옮아가는 숲의 그늘
절벽 위에 서 있으면 어느 고원을 떠돌다 사라진 목소리가
메아리처럼 맴돈다
입술 튼 바람은 서로를 끌어당기며 전진하거나 융기하는
대륙의 저 끝에서 잠시 날개를 접고
녹아내리는 얼음을 밟으며 며칠 밤낮을 걸었을 사람들
이야기를 듣고 함께 울었을 것이다
몇 달이 지나도 눈이나 비가 오는 숲에서
알을 품은 적 있는 둥지를 생각했을지도 모른다

지구에서 가장 오래 살았다는 나무 잎사귀가 다 떨어진 저녁

바닥에 누워 영원히 눈감는 자의 호흡은

처음 비행에 나서는 새의 눈빛처럼 새까만 것이어서

수없이 흔들리며 가라앉아 간다

입 벌린 채 마른 강을 건너가듯이

나는 갈증을 느끼며 파랗게 변해 가는 피부 속에

활공하는 바람의 말들을 기록하고 있다

이곳에서 바람이 데리고 온 먼 곳의 먼지들은 낮게 휘돌다 단단해진다

2부

오르골 여인

태엽을 감아요 어떤 예감처럼 팽팽한 느낌이 나쁘지 않죠 누군가 벽을 타고 오르고 있어요 그리다 만 벽화 같아요 내 얼굴은 밟고 지나간 발자국 같아요

부풀어 오르는 나무들 몸속으로 수혈되는 그늘 조금씩 깊어지는 눈 그늘 그 속에 고여 있는 떨림 울림 당신과 나는 바람이 가득한 상자랍니다

당신의 소리는 날마다 아름답군요 스스로 돌고 있는 지구에서 나는 중심을 잃어요 한 발로 디딘 세계는 어지러워요 오른손 왼손을 번갈아 가며 땅의 흔들림을 짚어 보고 일 년이 지나도

나는 가벼운 뼈를 움직여 오래 걸었어요 밤 깊은 곳으로 달아나는 달과 숲의 함성을 기억해요 나는 당신과 밤의 태엽을 감고 있어요

오랫동안

햇살을 쏟아 내는 태양 나무는 초록의 긴장을 풀어 놓아 저 그늘은 내 얼굴을 물들이지 나를 보고도 울지 않는 소의 커다란 눈 이건 이미 누군가 써 놓은 권태의 기록

하마가 하품을 하는 동안, 하루에 한 번씩 저녁을 데리고 와 돌아눕는 지구의 뒷모습 이 순간 육중한 몸을 움직여 천천히 물속으로 사라지는 하마의 걸음걸이는 아름다운 형식

자그마한 여자가 제 키보다 긴 머리카락을 빗을 때 검은 폭포수처럼 떨어지는 머리카락, 여자의 손끝에서 돌돌 말려 버려지는 시간의 길이와 색(色)

나는 벽 앞에서 공을 받아치며 공을 따라 달려가네 가깝거나 멀게 펄럭이는 마음 사이로, 벌써 열흘째 비는 창문에서 흘러내리고

섬

이것은 달에 관한 이야기다
달의 바다는 구멍이어서
회전할 때마다
내 심장의 피를 빨아들였다 내뿜는다
바다에서 입에 거품을 문 아이들이 걸어 나오기도 한다
폭풍 속에서 구름이 난파하고
빨간 눈을 한 아이는 이제야 잠이 들었다
구름의 뒤편에서
조용히 허물어지는 꽃잎들
회전할 때마다
부풀어 오르는 달은, 부표처럼
바다를 표류한다
좌표도 없이 흔들리는 섬

이것은 섬에 관한 이야기다
튤립은 오늘 밤 어딘가에서 목을 꺾고

기린과 나

순간, 기린의 눈과 마주친다
큰 나무의 나뭇잎을 절반쯤 뜯어 먹은 기린 앞에서 나는 벌써 아이스크림 한 통을 다 비웠다
땡볕에서 눕지도 앉지도 못하는 기린을 보며
나는 기린의 목이 참 길다는 생각을 하다가 내 배가 참 부르다고 생각한다

브라운관에 내 얼굴이 비친다 금방 기린의 얼룩무늬에 잡혀 사라진다 사르르 배가 아프다 동시에,
까맣고 큰 눈동자로 기린이 나를 보며 씹는다 계속

껌벅이는 눈, 기린이 긴 혀로 날름거리며 나를 핥고 있다 나는 콧등에서 발등까지 순식간에 흐물거리다 녹아내린다
이것은 적도가 내 몸을 통과하고 있기 때문
한차례 소나기 후, 오후가 끈적해졌기 때문

날마다 목이 마른 건 기린이 아니야
기린의 참을성은 믿을 만하다
초원의 저 끝에서 마른 풀을 쓸며 불어오는 바람에 입

술을 대고 쪼그려 앉아 또 배가 고프고 목이 마르다
　이렇게 외치는 건 기린이 아니야
　그늘이 점점 작아지는 큰 나무, 나뭇가지에 목을 기대고
기린은 단지 먼 곳을 바라보다 잠깐씩 졸다

　오늘은 흘러내리는 기분, 바람이 불 때마다
　기린의 긴 목에서 마른 풀 냄새가 피어오르고 나는 아
무도 없는 창밖을 보다
　다시 푹신한 소파에 누워, 희미해지도록
　멀뚱히 기린이 바라보고 있는
　한낮의 지평선
　한 통의 아이스크림

기쁘거나 슬프거나

사람들은 서로 다른 꿈에서
기쁘거나 슬프다
주름이 많이 잡힌 커튼을 열면
견고하지 못한 벽이 부풀었다 소리도 없이 사라지고
기둥 없이 사는 것들은
아무도 모르게 피 흘리며 캄캄하게 날아가 운다
점점 야위어 가는 것은 먹구름 같은 숲
뿌리 없이 자라는 나무에 폭언들이 빨갛게 열려 있다
잎들은 서로를 오해하고 의심하고
잘 익은 것 하나를 한입 베어 물고
사람들이 저렇게 손으로 공손하게 입을 가리고 있는 것은
웃기 위함인지 울기 위함인지
나는 도무지 알 수가 없어서
내 머릿속에서는 하루에도 수천 번 비가 내리고
조용한 해마들이 뉴에 가시를 세우고 끝없이 흘러 다닌다
더욱 투명해지기 위해
사람들이 크게, 웃고 있다
울고 있다
오늘은 남쪽에서 북쪽까지 거대한 비행운이 남아서

밤의 한쪽에는 뜨거운 빗물이 흐르고 다른 쪽에는 영원한 얼음이 떠다닌다
어제와 다른 길을 가며 모습을 바꾸는 달 아래서
사람들은 아직 잠들어 있다

슬픔과 악수하는 사람들

키가 계속 크는 사람과 키가 계속 크지 않는 사람이 만나 악수를 하고 있다

아주 커다란 바지를 입으면서 바지 밑단으로 빠져나오는 또 커다란 발을 보면서
키가 계속 크는 사람은 구부정하게 버스를 타고
어깨동무도 없이 길거리를 타박타박 걷고 대문짝만한 이빨을 보이면서
아래로 아래로 눈길을 주고

계속 키가 크지 않는 사람은 아주 작은 신발을 신고 발 닿지 않는 의자에 앉아 발을 흔들거리다
종종걸음으로 달려와 모자를 벗고 손을 내밀면서
위로 위로 눈을 맞추고 있다

키 큰 사람과 키 작은 사람이 저렇게 나란히 서서 기타를 치고 노래한다면
이 끝과 저 끝의 중간쯤에서 슬픔도 만나 몽글몽글한 웃음이 될까

가슴 닿는 포옹 한 번쯤 할 수 있을까

커다란 손이 작은 손을 감싸 쥐며 악수를 하고 있다
키가 커서
키가 작아서
슬픔과 슬픔이 만나서 반갑게 웃고 있다

거리의 이발사

이 거리의 혈통은 오래다

거리 모퉁이 오래된 등나무 그늘이
내 집이다 등을 쓰다듬으며 햇빛은
나를 잠재우고 또 깨우고
나무 의자에 앉아 졸고 있는 아버지의 발등을 간질이고
있다

아침마다 머리를 단정히 빗어 넘기고
아버지는 사람들의 얼굴에 날개를 달아 준다
아름다운 날개를 펄럭이며
사람들은 간혹, 강을 건너 돌아오지 않고

날마다 꽃은 피고
아이가 태어나고

아버지는 오늘도 내 탯줄을 자른 가위로
사람들의 표정을 오렸다 붙였다 한다
샹들리에처럼 등꽃이 반짝할 때마다

얼굴들, 날아가고

그러나 이 거리의 혈통은 오래이고
옷깃을 스쳐선 안 된다, 아버지는 말한다

마녀의 저녁 식사

바람이 사람들을 몰고 다녀요
갓 구운 빵 냄새가 가득한 길에서
사람들은 집으로 가는 길을 정해요
약국을 지나 서점을 지나 오래된
육교 위에 멈춰 선 그림자 위로
바람이 불고 하늘이 까맣고
그림자는 남쪽으로 걷지요 동시에
난 북쪽으로 떠나요
슬픈 얼굴로 그림자를 향해 안녕,
크게 손을 흔들며 안녕,
그림자와 멀어질수록 자꾸 웃음이 나요
이 길의 풀과 나무들은 모두 바삭하지요
나무에서 나를 노려보는 샛노란 눈깔들
그 눈깔들을 따서 톡톡 터트려 먹어요
내 요리책에는 천 가지 표정이 들어 있어요
가다가 심심하면 빨간 망토를 입고
썩은 나무 밑동에서 자란 독버섯으로
수프를 끓일 거예요
작년에 핀 잎사귀로

저녁의 식탁을 차릴게요
그림자가 길 저편에서 까만 하늘을 부리는 동안
나는 냄새가 사라진 빵을 먹으며
집으로 가는 길을 잃어버려요
이 길에는 바람이 불지 않아요

먼지의 얼굴이 만져지는 밤

잠깐 떠돌다 온 얼굴이라 생각했다
문을 열고 들어섰을 때 바닥에 놓인 징검다리, 하나씩 건너가면
나는 안과 밖을 지우는 자

멀리 갈수록 모든 사물은 흑백으로 명백하게
내 앞에서 한순간에 늙어 버린 그림자들
이곳에서 나는 자주 실족했다 낮인지 밤인지 알 수 없던 날에
누군가의 실종 소식을 들었고
액자 속에서 수백 년 동안 웃고 있을 얼굴을 떠올렸지만

가장 부드러운 붓으로 털어도 그 얼굴에서 떨어지는 살비듬은
내가 걸어 보지 못한 대륙의 바위이거나 나무뿌리일 것이다, 만져 보면
흑발(黑髮)과 흑안(黑眼)을 가진 사람들
느닷없이 마주치고 그때마다 나는 어두워지고 또 어두워져서

주문(呪文)을 외는 순간에

단단한 바닥이 검은 입술을 열었다 닫는다
땅속으로 사라진 그림자들이 무성영화의 배우들처럼
고요를 데리고 와 내 앞에서 노래하는 것을 들으며
나는 땅의 뜨거운 입김을 느낀다, 그사이

밖에서 잎을 떨고 있는 저 나무 아래 고인
물속 하늘에서 몇 개의 발자국이 담겼다 사라졌다
나는 가벼운 돌 하나를 더 내려놓으며
더욱 깊어지는 바닥을 다 건너지 못하고

가라앉아 간다 눈길 닿지 않는 곳에서 얼룩진 얼굴들이
다시
움직이기 시작한다
소리 없이
안과 밖을 지우는 비가 오는 밤,
기도(氣道)를 타고 내 안으로 천천히

천 년 동안, 그늘

바람이 흔드는 그늘, 안에서
나는 날마다 자라는 손톱을 씹으며
십 년 전부터
자라지 않는 키에 대해 생각 중이야

당신들은
천 년의 나무를 보고
사진을 찍고
싸움을 하고
시간의 구멍
그것을 메운 시멘트에 대해 얘기하지

나무뿌리처럼 박혀
나는 땅바닥에서 자라고 있는 그림자에 대해
돌멩이보다 단단하게
피고 지는 시간의 그늘에 대해 생각하지

연못 속으로, 사푹
동전이 가라앉는 동안

당신들은
물들어 가는 잎이었다가 구름이었다가
서로의 저녁이 되고

등 돌리며
손 흔들며
나는 인사를 하는 중이야
점점 어두워지는 중이야
천 년 동안의 그늘, 안에서

콰가얼룩말의 웃음소리

마지막 콰가얼룩말을 보고 있다
앞쪽은 줄무늬가 있고 뒤쪽은 없다
얼룩말이면서 말이기도 아니
얼룩말이 아니면서 말도 아닌
콰가얼룩말은 귀가 짧다
다리와 꼬리가 하얗다
콰하콰하 웃고
콰아콰아 운다
암컷과 수컷에게 물려받은 무늬가 반반씩 저렇게 정직하다니
추석 연휴 마지막 날이었다
뉴스에서는 일가족 사망 소식이 전해진다
완전히 찌그러진 자동차를 비추는데
목소리는 침착하고
한 가족이 지구에서 사라진 경위가 육하원칙 아래, 간결하다
아빠 엄마는 앞에 앉고 아이들은 뒤에 앉아
콰하콰하 웃었겠지
대(代)가 끊긴 사람들은 콰아콰아 울까

다음 소식입니다 제13호 태풍 실라코가……
아나운서가 사건을 옮기는 동안
나는 잠깐 아이들이 아빠 엄마를 반반씩 닮았으면 좋겠다,
아빠이면서 엄마이기도 아니
아빠가 아니면서 엄마도 아닌
우리가 콰가얼룩말처럼
정직한 종족으로 살았으면 좋겠다, 생각했다

세모난 구멍이 필요해

잘 익었는지 덜 익었는지 알기 위해선
세모난 구멍이 필요해

나를 아는 사람이 있고
내가 아는 사람이 있어
우리는 눈인사하고
가볍게 웃는 사이,
희미한 줄무늬를 맞대고
이 동네까지 먼 길을 함께 달려온 사이,

확성기에서 울려 퍼지는 목소리들
어떤 소식은 끈적하고
어떤 소식은 싱겁다
단도(短刀)를 들고
날카롭게 칼끝을 스윽, 스윽, 스윽, 넣어 봐야 해
나에게 혹은 당신에게

세모난 구멍이 필요해
탄생과 죽음의 깊이를 위해

단단한 껍질 속에서 벌겋게 달아오른 속살을 위해

우리는 깊은 주머니 속에 손 넣고 지나치는 사이,
행복과 불행의 순간에 덤덤한 사이,
나를 보는 사람이 있고
내가 보는 사람이 있지

하얗거나 검게 씨앗을 품고
둥글게, 우리는 서로를 등지고 잠들어 있어

쓰다듬는 손

그의 손은 검은 강을 지나 푸른 나뭇가지를 지나 내 얼굴을 지나 잔디를 쓸어 본다, 보이지 않는 손에 묻은 얼굴이 푸른 나뭇가지를 지나 검은 강으로 그를 따라간다 나를 보며 웃는

거대한 먹구름, 나의 비명이 오래될수록 울음이 작아질수록 먹구름은 커진다 모든 것은 흡수된다 소용돌이치는 얼굴, 그의 등에 업힌 나는 울고 있다

몇 개의 이력이 검은 강을 건넜다 잔디 위에 남은 자리는 이미 식어 있다 그곳에 앉아 나는 잔디를 쓸어 본다, 손에 묻어나는 이력들 뭉그러지는 검은 잉크 자국들

먹구름은 모양을 바꾸지 않는다 보이지 않는 손이 나의 손을 잡고 있다 조여지는 내 손목이 잘려 나가기를 그의 손에서 푸른 가지가 돋아나기를 나의 비명이 먹구름을 통과해 주기를

그는 등 뒤에서 언제나 나를 훔쳐본다 어디선가 먹구름

을 이끌고 잔디를 쓸어 가며 보이지 않는 손이 나의 얼굴
을 지나가고 있다

지퍼의 구조

뜨거운 계단이 열리고 있다
나의 목까지 밀고 들어오는 진흙처럼
계단은 가장 깊은 곳까지 나를 잡아당겨 놓았다
나는 한쪽으로 크게 치우쳐 있다
생각하는 자세로 오해받기 적당하다
그러나 지금 나에겐 어떠한 생각도 자세도 없다
움직일수록 계단들은 더 깊게 열린다
이것은 극단에 가깝지만
위에서 아래로
나를 힘껏 잡아당긴 것은 Y의 말대로, 나이다
그러고 보니 계단을 만들어 놓은 것 또한 나이다
이쪽과 저쪽이 잘 맞물려 서 있는 자세에 대하여
틀어진 이를 가지런히 만드는 방법에 대하여
나는 알지 못한다
아무리 힘껏 당겨도 닫히지 않는 계단 앞에서
나는 기울어져 조용히 멈춰 있다

지퍼의 구조

깍지 낀 손을 풀어 놓는다
두 개의 구멍이 된다

유리병의 행방

몸이 흔들린다, 나를 흔드는 말이다

강물에 다 잠겨 떠가는 병의 주둥이처럼 나는 뻐끔거리고 있다
여기는 어딘가?
노을이 목구멍까지 밀고 들어와
여러 번 두드리는 소리를 들은 것 같다

녹슨 바퀴를 굴려 천천히 움직이는 목소리들의 행렬
각자의 수화기를 들고 사라지네

몸이 흔들린다, 나를 흔드는 말이지만

긍정도 부정도 없이
나는 너무 멀리 왔다
여기저기 부딪혀도 투명해 보이는 몸으로
야윈 발가락으로

나도 모르게 흘러가 버린 당신을 향해

나는 뚜껑이 없다
속을 다 내보이고
가까스로 떠 있기 위해, 외치는 중이다

그러나 결국 빈 병이 되어 버린 자들이여
뚜껑을 버리고 가벼워졌는가

나는 유유히 부유하지 못해
이렇게 가라앉고 있다
눈에 차오르는 물이끼를 닦아 내며
강의 하류쯤에서
노을과 함께

몸이 흔들린다, 나를 흔드는 말이 기포들처럼 떠오른다

이 말을 당신의 의자에 앉아 쓰고 있다

이곳에서 나는 망명한 짧은 역사(歷史)가 된다

나는 내 방이 없다
창문과 책상과 침대가 없다
침묵은 나와 다른 시간에게 겸손해지는 일

당신은 나를 짚어 가며 아무 곳에나 쉼표를 찍고 두세 페이지를 쉽게 건너뛸지도 모르지만
나를 떠나 다시 나에게로, 회귀본능의 어류처럼
내 기억은 당신의 길 밖에 있다

가는 비가 내리면, 나는 당신이 아무렇게나 쌓아 올린 책의 어디쯤에서
선사시대의 금 간 유물처럼 단단해진다
들춰 보지 않는 시간 속에서
오늘 내 말은 비석처럼 차가워지고

당신은 종이에 물을 뿌려 나를 두드리고 있는 것이다

묻어 나온 것들은 간혹, 당신이 읽어 낼 수 없는 나의 여백이거나
서쪽에서 동쪽으로 번지는 먹구름이거나
나는 여기서 쉼, 표를 찍는다

당신을 쓸며 간 바람의 필체를 그냥,
흔들림이라 말할 수 없듯이
누웠다 일어나는 일은 내게 오래도록 잠수했다
물 위로 떠오르며 내뱉는 호흡 같은 것이다

어제와 같은 길을 걷는 일
그것은 흐르고 흘러 제자리로 돌아가는 것이다
비 온다 가지 않는 비가, 내 역사를 소란스럽게 두드리며 간다

당신이 책을 덮은 뒤에 내 체온은 더욱 뜨거워질 것이다

3부

아홉 개의 손가락으로 쓰는 편지

눈을 감아도 닫히지 않는 문이 있다
그 문으로 파도가 밀려오고 빗소리가 흘러들기도 하고

이런 밤에는 편지를 쓰네 아홉 개의 손가락으로, 사라진 몸의 어디쯤을 횡단하고 있을 나의 손가락 하나에게

사실 여러 번 나는 먼 곳으로부터 떠밀려 온 흙더미
창문을 기웃거리는 나뭇잎이었다
썼다 지웠다
우표처럼, 팬지꽃에 붙은 나비의 날개들
내가 모르는 곳에서 흩어지는 시간의 주소와 이름들을 불러 보다
이곳에 오지 못한 지문(指紋)을 그려 본다

싱싱하게 번지는 물결무늬 그 무늬에서 푸르게 몸 흔드는 소리
그 소리를 모아 나는 가늘고 못난 글자 하나를 쓴다

부러진 나뭇가지처럼, 잊혀진 곳 어디쯤에서

파도나 비가 되어 떠다닐 나의 손가락 하나에게
문 앞에서 서성이고 있을
아홉 개의 손가락으로

문

입술을 닫고 눈을 감을 때
나는 닫힌 문이다
아침과 저녁이 오지 않는 정원을 가꾸며
나는 꽃과 나무의 빗장을 걸고 있다
후박나무 잎사귀 몇,
천수국과 백리향 몇,
가늘게 떨린다
바람은 발등을 스치고 지나가는 쥐의 꼬리 같다
환등(幻燈)을 달고
연기를 피워 올리면 불쑥
나타나 흐늘거리는 손
간혹 문이 열릴 때
엽맥 같은 소름 몇,
비에 젖는 발자국 몇,
돋을 것이다
그러나 나는 닫힌 문이다
나의 정원은 충분히 아름답다

여름이 모든 잎을 흔들며 떠나간다

누군가 차가워진 몸과 이름의 윤곽을 더듬는 순간에
나는 죽은 후에 더욱 뜨거워진다는 물고기를 생각한다
몸 안에 갇힌 공기가 해류를 타고 먼 곳으로 가 닿을 때까지
물고기는 온통 여름이었겠지만,

길게 흡(吸), 하면서 마지막 나이테를 몸에 감는 동안에도
나무는 태양을 돌고
고집 센 사람들은 귀를 틀어막고, 눈 둘 데를 모르고
서로의 골목이 사라질 때까지 나와 떨어져 걷다가
흩어진다.

저녁을 먹으면서, 죽음을 만져 본 손가락은 어떤 맛을 느끼는가
무덤 앞에 새겨진 이름의 필체는 아름다운가

일어날 줄 모르는 심장을 앞에 두고, 온몸의 피는 빠르지도 더디지도 않게 흐르는데
저녁은 지느러미를 붉게 흔들며 나에게로 와 있다

나를 지나면서 휘어진 등온선이 저녁의 필체다, 생각할 때
나의 발은 절망의 소리를 듣고
알지 못하는 곳에서 금 가고 있는 몸의 내벽들이
더 낮은 곳으로 나를 엎드리게 한다

이렇게 쓰고 있는 손가락은 어쩐지 비린 맛이지만
나는 늙지도 젊지도 않은 여름으로부터, 멀리 흘러가 홀로 무릎을 꿇고 머리를 바닥에 처박으며
아픔이
아프지 않을 때까지
나를 밀며 가는 시간의 골목들을 돌고, 또 돌아서 갈 것이다

그 무수한 골목이 없어질 때까지
나무는 태양을 돌며
빈 가지를 뻗어 흩어지는 저녁의 골목들을 천천히 끌어당겨 제 몸에 새기고 있다

앞으로 세 바퀴 뒤로 세 바퀴

그 길로 쭉 오세요
가다가 네거리가 나오면 왼쪽으로 방향을 꺾으세요
그리고 세 바퀴를 도세요
이곳에 오기 위해선 몸을 둥글게 말아야 합니다 고슴도치처럼
단단한 가시가 있다면 그 가시로 이나 쑤시세요
그 길로 쭉 갔나요?
세 바퀴는 돌았나요?
어지럽다고 생각되면 다시 뒤로 세 바퀴를 도세요
거기서 뭐가 보이나요?
아마 지금쯤 당신은 소란한 가로수들 사이에서
난폭하고 즉흥적인 사내와 마주칠지 모릅니다
사내의 반대 방향으로 달리세요 아니,
사내의 품 안으로 달리세요
엄마를 크게 부르세요
엄마, 하고 아이가 뛰어올지 몰라요
다리가 아프면 푹신한 보도블록 위에 주저앉아
분홍 솜사탕 먹는 상상을 하세요
누군가 뒤통수를 내리칠 때까지

혹시 그사이
이곳을 지나갔는지 물어보세요
서른, 당신과 닮은 사람들이 당신 옆을 지나가고 있으니까
물어보세요
여기가 어디죠?

교만하고 완고한 뒤통수

내가 눈 뜰 때 너는 눈 감는다

한낮이 한밤에게
돌아서서

우리가 다른 시간으로 말라 갈 때
이해는 성급하고 빈약하다
알 수 없다는 표정으로
우리는 벽이 되어 각자 단단해진다

나의 뒤통수와 같이
허물어지지 않고
너는 짓다가 만 집처럼 내 앞에 서 있다
창문이 없다
못을 박아도 우리에겐 걸어 놓을 액자가 없다

이것은 오해인가
눈을 감는다, 단호하고 얌전하지만
또 얼마나 가혹한가

눈 뜬 하루가 눈을 감을 때까지
감은 눈을 뜨지 않을 때까지
교만하고 완고하게
고요한,

한 세계가
벽 쪽으로 돌아눕는다

동그란 뼈

내 안의 뼈들이 말랑말랑하다면
신발 벗고
옷장에 들어가
동그란 몸이 될 것이다
심장에 오른쪽 귀를 대고 잠들 것이다

나를 찾는 사람이 있고
나에 관한 이야기가 부풀겠지만
나는 배 깔고 누워
처음과 끝이 달라붙어
처음이기도 하고 끝이기도 한
이야기를 동그랗게 구겨
먹어 치울 것이다

누군가 옷장의 문을 열어
안부를 묻는다면
나는 볼링공처럼 한없이 구르다
가로수와 전봇대를 탕탕,
박으며 인사를 하고

천천히 속도를 늦추다 멈출 것이다

그러나 나는 조금 기울어진다
비탈길에서 당신과 마주칠 때
당신의 이야기가 가벼울 때
오른쪽 어깨를 적시는 비,
뻣뻣하게 내리는 비,
걸을 때마다
오래오래
한쪽에서 나를 잡아당기는
심장의 피,

1978년식 취미

1978년이 기억나지 않는다
그해 유괴된 아이들은 무사히 돌아왔는지
뒷산 단풍은 아름다웠는지
내가 태어났을 때 아버지는 정말 기뻤는지
모르겠다, 단지 1978은 내가 이곳에 굴러들어 왔음을 증명하는 맨 처음 숫자로 간직되어 왔다
그 이유로 언제부턴가 모았던 것
나는 어제까지 3,240원어치의 1978년을 모았다
나의 1978년은 굴러다닌 걸로 치자면 거의 최고다
물론 더 오래 굴러다닌 것도 있지만
내가 모으고 있지 않다는 이유로 그것들은 아직 더 굴러다녀야 한다
마모된 동전을 만져 보면
만져 본 적 없는 손길들을 느낄 것 같아
친구에게 부탁하기도 한 1978년
나에게 와서 녹슬고 있는 1978년
사람이 아니라 숫자여서
누구에게나 동등한 것이어서 찾고 싶은
버려져도 이제는 잘 줍지 않는 동그란 형상이여

동네 슈퍼에서 받은 거스름돈을 뒤적이며 집으로 돌아
가는
1978년식 나의 취미

아주 좋아하는 것은 아니지만
돈벌이를 목적으로 하지 않고 지속성이 있다
취미의 이런 성질로 볼 때 모으고 있다는 점이 중요하다

압화(押花)

그 집의 문은 닫힌 지 오래, 북쪽으로 난 작은 문 창호지에 사시사철 국화가 피어 있었어 그 문으로 시원한 바람이 불어오곤 했는데 그때마다 잠이 왔어

엄마는 눈만 내민 악어처럼 꼼짝하지 않았어 나와 닮지 않은 아이들이 하나씩 문밖으로 떠밀려 나왔지 나는 문고리에 숟가락을 걸고

체인 끊어진 자전거를 타고 놀았어 차르르, 물때 낀 엄마의 손톱이 잘려 나갈 때 도르르 나는 페달을 돌렸어 엄마의 혀끝을 맴도는 냄새들만큼 오래된,

문풍지가 우는 밤마다 떨리던 불빛과 눈빛 엄마는 이제 부풀지 않아 잠만 자고 있을 거야 문에 난 유리창에 보랏빛 저녁이 눌드는 동안

문고리가 아직 따뜻해 내 눈동자에 눌어붙은 국화가 바스러졌어 꿈을 꾼 것도 같은데 저 방의 문을 닫고 돌아서는 아이는 나를 닮았어

귀

동네 아이들이 귓바퀴에서 미끄럼을 타고 놀아요 흙발로 이곳저곳을 뛰어다니다 작은 모래집 위로 넘어져요 낙과(落果)처럼 멍든 아이들이 어디론가 사라질 때 나가는 구멍을 찾지 못해 한 아이가 파닥파닥 울고 있어요

두부 장수의 종소리가 울리면 라디오 채널이 돌아가요 지붕이 들썩거리고 창문이 열렸다 닫히고 담장 위에서 고양이는 수염을 잃고 야옹야옹, 구름이 비틀거려요 누군가를 싣고 앰뷸런스는 달려가고

아이는 다시 구멍을 찾아 헤매요 침을 뱉는 아이 입에선 비린내가 나요 털어도 털어도 자꾸만 흘러나오는 모래알처럼 기침소리 여름 햇살만큼 쟁쟁한 웃음소리 튕겨 나오는, 귓속엔 오늘도 아이의 발자국이 흐릿하게 새겨지고 있어요

잃어버린 천장

너는 나를 습득했다
자음과 모음을 조합하여 나에게 이름을 붙여 주곤
그리워했다, 그때마다 나는 흑판처럼 어두워졌다
입을 틀어막고 공손해졌다

너는 오늘 천장, 이라고 적는다

천장을 보세요 굳은살을 만지는 것처럼 딱딱한 바닥이 펼쳐져 있어요 손을 대보면 아주 고요한 안개의 깊이가 느껴져요 손바닥엔 어떤 그늘이 축축하게 묻어났는데 그 그늘 속에서 나는 몇 번이나 죽은 이름들을 만나 인사를 했어요 천장을 걷는 사람들에게 몽실몽실 피어난 곰팡이가 나에게로 날아와 번지고 철자 하나 잘못 쓰인 글자처럼 나는 쓱쓱 지워지고 받침 없이 끝이 없이 펼쳐지고

그러나 말더듬이의 첫 음처럼 천장은 시작되기까지 긴 시간이 필요하다
리듬이 끊긴 계절이 새벽을 밟고 오는 밤
나는 자음을 잃고

오늘과 그림자를 잃고
갑남을녀 사이에서 갑이어도 을이어도 슬프지 않았다

비과거 시제(時制)를 잊어버리고부터
나는 너의 얼룩진 지하실의 벽이고
어둠에 발을 담그고 굳어 버린 바닥이었다
작은 전구도 달지 못하고
나의 천장은 유실되었다

글씨는 단정하지만
올려다볼 천장이 없다는 것
너는 어쩌면 내게 바닥, 이라고 쓰고 있었던 것이다

흡혈귀

시계가 울리지 않았다 엄마가 나를 문다 흔들리는 치아로 하얀 목덜미를 콱, 아파요 엄마, 아가 나를 위해 노래해 다오 매끄러운 너의 머리카락으로 내 푸른 가슴을 문질러 다오 엄마 아직 전 아름다운 말을 배우지 못했어요 시계가 울리지 않았다 엄마가 말랑말랑한 심장을 콱, 아가야, 너의 심장은 분홍색이구나 딸기 맛이 난단다 내 입술을 붉게 물들여 다오 엄마 제 심장은 너무 작아요 펌프질이 서툴러요 시계가 울리지 않았다 아가야, 너의 손가락들은 작고 하얗구나 내 텅 빈 자궁을 시원하게 긁어 주렴 엄마 그곳은 삭막해요 너무 심심해요 시계는 울리지 않는다 아가야, 아가야,

뒤 혹은 앞

절룩이는 걸음, 창밖에서 나부끼던 은행잎의 추락, 뒤 혹은 앞의, 바람. 자꾸 깜박이는 신호등, 뒤 혹은 앞의, 정지. 교차로 앞에 멈춰 선 새벽 두 시. 어느 암전의, 뒤 혹은 앞.

담배가 떨어진 새벽, 헛도는 장면 속으로 가랑비 온다. 아파트 꼭대기 층에서 열렸다 닫히는 문과 꿈, 수면 아래서 생각을 뜯어먹는 저 물고기의 입, 뒤 혹은 앞에서 엉킨 머리카락을 빗고 있는 나.

예고 없이 몰려든 얼굴의 시간, 뒤 혹은 앞의, 표정. 수없이 채널은 옮겨 다닌다. 당신의 웃음은 나의 뒤 혹은 앞이다. 창문에 붙어 졸고 있는 나방, 암전. 삐그덕 문 열리는 아침, 뒤 혹은 앞의, 태양.

가끔은 긴 암전, 애인이 바뀌거나 계절이 바뀐다. 대학로 후미진 골목 무대 위 사내가 초로의 신사가 되고 엄마는 사춘기 소녀처럼 예민하다. 나는 당신의 뒤 혹은 앞이다.

벚꽃이 지기 전에

떠나야겠다, 몇 번의 짐을 챙기고 푸는 동안 사랑은 몸을 옮기고 떠나야겠다, 입버릇처럼 말하던 아버지는 하얀 꽃그늘을 아주 거두어 갔다

무릎걸음으로 달려가지만
당신은 저 멀리 검은 자루처럼 앉아 있네 내게 손짓을 하네 깨진 유리 같은 당신의 자리 그러니까 당신은 지나가는 휘파람이었겠지 여운처럼 남아 있는 구름이었겠지 아무리 불러도 잡히지 않는
길 건너 나무였겠지

내 안에서 앙상해진 나뭇가지
뒤돌아보면 제자리인 꽃잎들

나를 배웅하는 벚나무 저편으로
하늘이 천천히 문을 열고 있네

떠나야겠다,
사라지는 저녁으로부터 이 넓은 꽃그늘로부터
벚꽃이 다시 피기 전에

강박증을 앓는 손가락

눈먼 매미가 노숙하는 밤, 여기저기서 사람들이 다가왔다 입이 아주 큰 사람들이었다 그때 주머니에 쑤셔 넣은 내 손가락들은 제멋대로 삼각형을 그리기 시작했다 크고 작은 삼각형들은 차곡차곡 사방에 벽을 쌓았다 벽이 머리끝까지 자랐을 때, 누군가 나를 두고 말했다 여러분이 지금 바라보고 있는 벽은 노란 눈동자입니다 중세적인 감각이죠 나는 밑도 끝도 없이 뾰족한 벽이 되어 노랗게 물들어 갔다 내 뒤편에서는 태양이 점점 익어 길에서는 달콤한 맛이 났다 저기요 화장실이 어디죠? 저 건물로 들어가려면 어디로 가야 하나요? 입이 큰 사람들은 나를 따라오며 끊임없이 질문했다 플래시를 터트리며 사진 촬영을 했다 나도 모르는 사이에 나는 딱딱해져 갔다 손가락은 삼각형을 그리고 있었다 나는 입이 필요해요 사람들은 입을 가리고 낄낄거렸다 내 얼굴에 낙서를 하고는 아름다운 세계 쪽으로 무표정하게 발걸음을 옮겼다 아까부터 그린 삼각형의 모서리가 밤을 찌르자 골목골목에서 비명이 새어 나왔다 가로수들이 수많은 매미를 붙잡고 부르르 떨었을 때, 입이 큰 사람들이 일제히 어딘가로 빠르게 사라졌다 내 손가락은 삼각형을 그리고 있었다

나의 입에선 덜 익은 완두콩이 툭, 툭,

네가 생각하는 여자 녹슨 그네를 타는 너의 뒷모습 연두색 푸딩 같은 살결 웅크려서 완두콩을 까는 너의 손가락 꿈속에서 흘러 다니는 비릿한 냄새들

너의 수요일을 걷고 있어 너의 속도가 내 속도야 그러니까 나는 너를 추월할 수가 없어 이 길에서 나는 너에게 조종당하지 다시 아침이 와 있어

앉을 의자를 찾다가 네가 앉을 의자를 상상했어 붉은 비로드로 장식된 소파가 너의 거실엔 없지만 나는 너를 거기에 앉혀 봤지 빌어먹을, 너와 붉은색은 어울리지 않아 이제부터

chapter 8,
노란 색종이를 오리고 있나
혹은 네가 가윗날을 움직여
검은 색종이를 오리고 있는지도 모른다
모양에 따라 모양이 결정되므로
둥글게 둥글게 손뼉을 치며

노래를 불러도, 둥글고 싶어도,
둥글 수 없다

내일을 좋아해 내일을 위해 내일을 향해 밤과 낮은 서로를 배신해 내 주머니엔 버려진 이름들이 껌종이처럼 구겨져 있지

다시 와 앉은 아침 밥알들이 깔끄럽게 입안을 돌아다니다 어금니 사이에 짓이겨져 있네 덜 익은 완두콩을 툭, 툭, 뱉어 내는 오늘 나는 빈 그릇이네

마이크

깊은 우물은 출렁거리고 있다
물밑에 닿았다 떠오르는 얼굴처럼 창백하게
노래를 부르거나
시를 읽거나
무대 위에서 안녕하세요, 나는 딱딱해지고 있어요
벽에 부딪혔다 울려 퍼지는 잡음들 사이로
사람들이 입술을 오물거리고
손뼉을 친다
오늘은 풀을 뜯어 먹는 염소들처럼 평화로운 저녁
이국의 밤을 그리워하기 좋은 저녁
기타 줄에 매달려 그렁거리는 말들을 들으며
사람들은 두레박처럼 가라앉거나
일찍 자리를 뜨거나
나는 누군가의 사랑에 대해 얘기하는데
송화기에 대고 뜨거운 입김을 불어넣고 있는 것 같은데
우리의 귀는 고장 난 스피커처럼 매달려 있다
쿵쾅거리는 심장 소리가 들리지 않는다
우물이 말랐기 때문인가
나는 턱뼈를 움직여 또박또박 말하고 있다

나와 다른 목소리로
누군가를 사랑한 누군가가 있었던가?*
나는 조금 더 큰 소리로 말하고 있다
내 주위를 감싸고 있는 공기에게
토요일의 심장에게
그리고 나로 추정되는 나에게

* 비스와바 쉼보르스카의 시에서.

크로키로 완성된

검은 선이 지나간 곳에서
나는 숨 쉬기 시작한다

턱의 윤곽이 그려진 순간
잇몸에선 이가 마구 돋아나고
선명하게 불거진 혈관

몇 개의 굴곡이 전부인 얼굴
얼굴의 내부

두 개의 얼굴
사이에서
팔딱거리는 심장

흑백의 눈동자가
멀뚱히 나를 쳐다보고 있다

손가락이 마비되도록
온몸의 근육 다발이 꼼짝 않도록

■ 작품 해설 ■

안부를 묻고 사랑을 하고 슬픔을 어루만졌지

서동욱(문학평론가 · 서강대 철학과 교수)

1 아홉 개의 손가락, 그리고 화석

시인은 손가락이 아홉 개다. 이렇게 쓰고 있다. "이런 밤에는 편지를 쓰네 아홉 개의 손가락으로, 사라진 몸의 어디쯤을 횡단하고 있을 나의 손가락 하나에게".(85쪽)

사라진 하나의 손가락이 만든 빈자리를 가지고 글쓰기를 시작하며, 또한 최종적으로 글이 가닿는 곳 역시 사라진 그 하나의 손가락이다. 글쓰기의 출발점과 목적지가 이 손가락인 셈이니, 그야말로 그것은 시 짓기의 추동력 자체라고 해야 하지 않을까?

그런데 시인의 손가락을 관찰한 이들은 모두 놀라고 만다. 시인은 극히 정상적으로 열 개의 손가락 모두를 가지고 있기 때문이다! 도대체 무슨 일이 벌어진 것일까? 시인은 손가락에 대한 개인적 기록도 남기고 있는데, 시인을 가장 가까이서 보아 온 어머니도 손가락에 대한 상처의 기억이 분명하지 않고 놀랍게도 시인 자신조차 손가락을 잃었을 때의 아픔과 통증에 대해서 아는 바가 없다.(김지녀, 「첫 번째 고백」, 《세계의 문학》 2007년 봄호, 31쪽 참조) 시인 자신을 포함한 누구도 손가락의 상실을 제대로 증언해 줄 수 없는 것이다. 오로지 손가락을 잃었다는 사실만이 시인의 마음 안에 있으며, 그 손가락이 내내 시인을 불편하게 하면서 글을 쓰게 만들고 있다. "내내 나머지 손가락 하나가 불편한 감정을 데리고 다녔다. 그사이 밤새워 썼다 지우는 글자들이 많아졌다."(같은 글) 열 개를 모두 가지고 있으면서 하나를 잃어버리고 있는 이것은, 정말로 아홉 개의 손가락을 가지고서 잃어버린 하나를 아쉬워하는 자의 것과는 다른 괴이한 고통이다.

이 당혹스러운 사태 앞에서 정신분석의 유산을 깨워 내며 시인이 손가락에 대한 '환상'을 가지고 있다고 믿어야 하는가? 가령 가위눌린 꿈(외상을 치료하기 위해 그 외상의 자리에 반복해서 되돌아오는 일)을 기록한 듯한 어떤 시에서 그녀는 손이 잘려 나가는 체험을 한다. 그 대신 마치 대가로 지불한 것처럼 어떤 이의 손이 푸른 가지로 회복된다. "보이지 않는 손이 나의 손을 잡고 있다 조여지는 내 손목이 잘려 나가기를 그의 손에서 푸른 가지가 돋아나기를".(74쪽,

이하 별도 표기 없는 고딕체는 모두 인용자의 것.) 또한 「강박증을 앓는 손가락」이 등장한다. 강박증, 즉 내적 강제에 의해 실행하지 않을 수 없는 그런 행동이 살아남은 아홉 개의 손가락에 찾아온다. "그때 주머니에 쑤셔 넣은 내 손가락들은 제멋대로 삼각형을 그리기 시작했다".(105쪽)

한 정신 속에서 무슨 일이 일어난 걸까? 답을 얻기 위해선 어쩌면 인생 전체로 확장되어야 하는 흥미로운 질문, 무수한 가설을 징검다리처럼 요구할 이 질문은 이 작은 글에선 취급하기 적당치 않을 것이다. 오로지 우리는 가시적인 '사실들'만을, 즉 평균적 시각 속에 당연한 듯 출현해 있는 극히 정상적인 열 개의 손가락, 그리고 사라진 하나의 손가락에 대한 시인의 끊임없는 관심만을 남겨 두고자 한다.

그리고 그것은 김지녀 시의 비밀을 채우기에 충분할 것이다. 표상 가능한, 정체성을 지닌 열 개의 손가락을 '늘 부족하게 만드는' 하나의 손가락, 그러나 그것이 무엇인지 정체를 확인할 수조차 없는 '익명의' 손가락, 그래서 "이곳에 오지 못한 지문(指紋)"(85쪽)이라 불리는 것이 시를 밀고 나간다. 어쩌면 세상 자체가 그렇다. 열 개의 손가락처럼 완벽하지만, 참을 수 없는 불구가 배후에 도사리고 있는 것이다. 라블레의 주인공들이 누리듯 부족함이 없지만, 그 부족함 없는 세계를 위협하며 배후에서 들끓고 있는 무엇인가가 있다. 열 개의, 소위 정상적인 손가락으로도 다 채워지지 않는 하나의 알 수 없는 손가락이 세상을 향해 성

가시게 손가락질을 하고 있는 것이다. 그것은 "파도나 비가 되어 떠다닐 나의 손가락"(86쪽)이라는 구절이 알려 주듯 생성 변화하는, 정체성이 없는 것이라서, 그 손가락질의 공격 앞에 서 있는 우리는 속수무책이다. 김지녀의 시 짓기는 바로 세계의 배후에 도사리고 있는 이 익명의 어떤 것의 타격으로부터 시작되며 동시에 그것에 가닿고자 하는 노래, 오르페우스의 손에 소중히 들린 채 길을 찾는 수금 같은 것이다.

미지의 손가락 또는 세계의 배후에 숨겨진 이 비밀에 대한 접근은 어떻게 이루어지는가? 어쩌면 이런 날을 떠올려 보아야 할지도 모른다. 우리는 그날 잎사귀들이 황금색으로 구워지고 있는 깊은 산속으로 들어서게 된다. 꼭 이번 생이 아니더라도, 어느 생을 지나가는 동안, 산꼭대기의 살이 드러난 지층 속에서, 막 헤엄치는 모습을 고생대의 디카로 찍은 듯이 멈추어 있는, 한 마리 물고기의 화석과 마주치게 된다. 그러곤 뼈의 무늬를 발견하리라. 한평생 돌로 만든 악기처럼 소리 속을 지나가며 울던 물고기의 이석(耳石)에 겹겹으로 새겨진 저 깊은 동심원들을…….

이 시집의 머리에 놓여 있으며, 가장 아름다운 시 가운데 하나인 「耳石」은 바로 물고기가 한평생 들은 소리를 기록한 저 "귓속에서 자라나는 돌멩이"(15쪽, 고딕체 — 원저자)에 대해 말하고 있다.(무늬를 깎는 동안 "천천히 단단해지며 돌멩이가"(15쪽) 자라게 하는 이 소리의 역할은 간혹 바람이 떠

맡기도 하는 것 같다. "바람이 데리고 온 먼 곳의 먼지들은 낮게 휘돌다 단단해진다".(49쪽) 이석을 만드는 소리처럼 바람은 먼지를 자신의 회전 속에 '단단하게' 가두어 돌을 만들어 내기도 하는 것이다.)

'이석' 같은 저런 작고 사소한 대상 또는 '크래커'나 '시소', 아니면 '지퍼', '오르골' 같은 일상 속의 평범한 사물을 선택해, 기성의 어떤 의미나 이론이나 은유 또는 상징에 매개되는 일을 피하면서 그 사물 자체에 몰두하는 것은 김지녀 시의 전형적인 특성이다. 대상을 세심히 헤쳐 보는 이러한 시작(詩作)은 이미 시단으로부터 "찬찬한 살핌과 시선의 섬세함이 느껴진다."(문혜원, 「드넓은 상상력, 말들의 틈새」, 『2009 젊은시』, 문학나무, 2009, 55쪽)라거나 "형상화 능력이 뛰어나고…… 그의 타고난 음악성과 섬세한 감각의 촉수는 시가 운문으로서 보여 줄 수 있는 한 아름다움에 이르고 있다."(나희덕, 「시 부문 심사평」, 《세계의 문학》 2007년 봄호, 11쪽)라는 평가를 이끌어 낸 김지녀 시의 미적 특성을 산출해 왔다. 그렇다면 섬세한 시선 또는 섬세한 감각의 촉수에 걸려든 물고기의 돌 속에서 그녀는 무엇을 바라보고 있는 것일까?

이것은 소리가 새겨 놓은 무늬에 대한 기억이다

……천천히 단단해지며 돌멩이가 또 한 겹, 소리의 테를

둘렀던 것이다

언젠가 산꼭대기로 치솟아 발견될 물고기와 같이, 내 귓속에는 소리의 무늬들이 비석처럼 새겨져 있다

—「耳石」에서(고딕체—원저자)

시인은 화석 안에 그려진 돌의 한평생을 바라보고 있다. 돌을 정물의 대상으로 삼는 경우는 종종 있지만, 돌의 일생 또는 돌의 운명에 대해 이야기하는 작품은 드물다. 아마도 여와씨에게 선택받지 못한 삼만육천오백한 번째 돌의 일생을 기록한 『석두기(石頭記)』 정도가 여기 해당될까? 일생 동안 새겨진 소리의 무늬는 그러나, 시인이 말하듯 보이지 않는 "투명한 물결"(15쪽)로서, 우리가 알고 있는 표상 체계 또는 의미 질서에 귀속하지 않고 그것을 그대로 투과해 버린다. 열 개의 손가락을 그대로 놔둔 채 사라진 하나의 손가락처럼 말이다.

이 이름 붙일 수 없는 또는 얼굴이 없는, 그러므로 우리가 알고 있는 기존의 표상 방식으로는 무어라 일컫을 수 없는 '익명의' 놀을 시인은 "나는 아직 한 장의 얼굴을 갖지 못한 흉상"(17쪽)이라 부르기도 한다. 이것은 얼굴 없는 흉상에 관한 이야기다. 이것은 언젠가 소리가 지나가며 이석에 남긴 레코드의 가지런한 홈 같은 무늬, 판독할 길 없는 비석에 대한 응시이다.

2 이름 없이, 수천 번 다르게

그런데 익명의 돌멩이에 대한 이야기를 계속해 나가도 될까? 사실 시인은 많은 경우 적어도 표면상 '나'라는 '고백체' 화자를 내세우고 있는데, 고백체는 익명성과 가장 거리가 먼 '에고' 또는 주체성의 표현이 아닌가? 그러나 김지녀를 '주체가 지닌 내면의 풍경을 바깥으로 끌어올리는 고백'의 시인으로 읽는 것만큼 큰 오해도 없을 것이다. 이 시인에게 '나'는 주체의 내면을 이끌어 내는 고백의 장치가 아니라 오히려 익명성의 표식으로 보인다. "시는 '나'에 관한 그 '무엇'이다. '무엇'은 아직 이름이 없고, 내용도 없다." (「시(詩), 시하다」, 《시와 반시》 2008년 여름호, 265쪽) 시는 나에 대해 관여하지만, 이때 '나'는 주체의 '이름'이 아니며, 나를 통해 드러나는 주체 '내면의 내용물' 같은 것도 없다는 것이다. '나'는 주체 속에 들어 있는 정령을 불러내는 주문이 아니라, 정체 없는 익명의 야유가 들려오는 얼굴 없는 스피커와도 같다. 이름이 없으므로 당연히 "아무도 나를 불러 주지 않네"(26쪽)라고 말할 수밖에 없는 것이 '나'라는 발화 형태가 지닌 속사정이며, 이 익명적 세계에서 호명은 빗나간 화살처럼 나의 정체도 타인의 정체도 밝혀내지 못하고 비인칭의 벽에 부딪힐 뿐이다. 시집의 표제작인 「시소의 감정」이 이런 사정을 잘 알려 주고 있다. "우리가 일제히 언니, 하고 불렀을 때/ 비인칭주어처럼/ 길어서

다 부를 수 없는 이름처럼/ 언니는 해석될 필요 없이 거기에 앉아 있다".(40쪽) '해석'되어서 밝혀질, 인물의 정체성 같은 것은 없는 것이다. 오로지 인물 아닌 것, "비인칭"이, 익명성이 있다. 지나가면서 문학사적 맥락을 잠깐 보자면, '나'를 내세운 발화는 주체가 내면을 드러내는 방식이 아니라 오히려 익명성의 구현이라는 이러한 생각은 갖가지 화법을 실험했던 토마스 만이 그의 유명한 작품에서 흥미롭게 몰두했던 것이기도 하다. "'접니다.' 요셉이 간단하게 대답했다. …… 진지하게 미소를 지으면서 간단하게 '접니다'라고 대답하는 것은 이 자리에 어울리지 않았다. …… '접니다' 혹은 '나다'라는 대답은 집사라는 직분에 국한된 질문을 넘어서서 '네가 누군데?' 혹은 '네가 뭔데?'라고 되물어 보고 싶은 충동을 느끼게 했기 때문이다. 간략히 말해서 '접니다' 혹은 '나다'는 아득한 곳에서 들려오는, 오래된 문구로 자기가 누구인지 알아맞혀 보라고 사람들에게 호소하는 문구였다."(토마스 만, 장지연 옮김, 『요셉과 그 형제들』, 살림, 2001, 5권, 57~58쪽) '저' 또는 '나'라는 화자는 그 안에 누가 들어 있는지 알아맞힐 수 없는 수수께끼, '내용 없이' 텅 빈 익명의 상자일 뿐이다.

결국 김지녀 시의 '나'는 정체를 밝혀낼 수 있는 '인물'이기보다는 "당신이 읽어 낼 수 없는 나의 여백"(81쪽) 같은 것이다. 주체가 지닌 인격성의 내용물을 채우는 내면이 사실 텅 비어 있으므로, 이 화자는 인격적 주체가 아니라 동물(에 가까운 것으)로 나타나기도 한다. "비어 있다는 사실로부터/ 나는 거의 동물에 가깝다는 것".(24쪽) 따라서 이 '나'가 만들어 내는 목소리 또한 동물의 무늬같이 나타난다. "그러므로 나의 소리는 얼룩져 있다/ 기린 표범 물개의 무늬처럼 어떤 패턴처럼".(24쪽) 글의 말미에서 우리는 지금은 낯설게 느껴질 수 있는 이 동물의 소리가 어떻게 "새소리 같기도 하고 물고기 지느러미 같기도 한 말들로"(42쪽) 기적처럼, 그리고 아름답고 부드럽게 개화하는지 보게 될 것이다.

또 시인은 이 '나'에 대해서 이렇게 이야기하고 있다. "복잡하고 변화무쌍한 관계들 혹은 모습들의 얽힘으로 이루어진, '나'는 복수이면서 단수인 존재이기 때문이다."(「시(詩), 시하다」, 265쪽) 나라는 표면적 단수 안에 숨겨진 이 심층적인 복수성 또는 '다수성(multiplicité)'은 "내 요리책에는 천 가지 표정이 들어 있어요"(64쪽) 같은 구절을 통해 드러나기도 한다. 이 '천 가지 표정'은 서로 소통을 해서 하나로 통일될 수 있는 것이 아니라, 서로를 알아보지 못하는 '분열된' 상태 속에 들어 있다. 이러한 사정을 잘 보여 주는 장면이 있다.

> 에이, 라는 점에서 그들은 동일하다
> (……)
> 작은 여자 A와 큰 여자 a는

집으로 돌아오는 버스 안에서 덜컹거린다

서로를 알아채지 못한다

—「A 그리고, a」에서

'나'라는 고백체의 화자 안에 하나의 인격이 아니라 익명적 다수가 들어 있는 것처럼, '에이'라는 명칭 안에는 다수가, 즉 'A'와 'a'가 들어 있다. 그런데 이 둘은 하나의 동일한 '에이'를 구성하는 것이 아니라, "서로를 알아채지 못" 한 채, 서로 무관한 자들로 남아 있다. 이것이야말로 주체성의 근본인 '자기의식'의 와해 아닌가? '자아(I)'가 '자기(self)'라는 데서, 또는 김지녀 식의 부호에 따라 쓰자면 A가 a라는 데(A=a)서 성립하는 자기의식은 근대인들이 주체의 근본 구조로 제시했던 것이다. 헤겔의 다음과 같은 구절이 잘 명시하고 있듯이 말이다. "……이러한 실상을 깨우치는 것이 '자기의식'이다. 나는 나를 나 자신으로부터 구별한다. 그러나 이렇게 구별되는 것이 구별된 것이 아니라는 것이 나에게 직접 깨우쳐진다. 동질자로서의 내가 나 자신에게 반발하여 구별이 생기지만 여기서 구별된 것은 그저 구별되었다는 것뿐, 그것이 나에게는 전혀 다른 어떤 것이 아니다."(헤겔, 임석진 옮김, 『정신현상학』, 한길사, 2005, 1권, 203쪽) 그리고 헤겔은 '자아'와 '자기'가 분열되지 않는 것, 바로 '자아가 곧 자기(A=a)'라는 이 자기의식을 이렇게 평가한다. "자기의식이야말로 지금까지 지탱되어 온 의식 형태의 진리"

(같은 책, 204쪽)이다. 그런데 현대적 정신의 주된 경향은 바로 이러한 자기의식의 와해로부터 탄생한다. 예를 들면 이런 구절이 있다. "탈출은 가장 근본적이면서도 가장 용서할 수 없는 사슬, 자아가 자기 자신이라는 이 사슬을 깨트릴 것을 요구한다."(E. Levinas, *De l'évasion*, Montpellier: Fata morgana, 1982, 73쪽) 김지녀가 기술하고 있는, 자아가 자기를, 또는 A가 a를 알아보지 못하는 사태 역시, 다른 방식으로긴 하지만, 바로 자기의식의 이러한 와해를 이야기하고 있다. 자기의식이 와해된 그 자리에서, '자아가 자기 자신이다'라는 동일성의 의식 형태를 구성하지 못하는 분열된 자들이, 그러니까 '익명적 다수'가 출현하는 것이다. 앞서 읽은 구절에서 시인이 "복잡하고 변화무쌍한 관계들" 또는 "복수"라고 부른 것들의 출현 말이다. 그런데 시인은 바로 이 익명적 다수성을 다른 어디서가 아니라 바로 '근원'의 자리에서 발견하고 있다.

그러나 나의 떨림에도 근원은 있다
차가운 내 살 속에도 자갈과 모래처럼, 또 나뭇잎처럼 켜켜이 쌓인 사람들이 있다

—「여진」에서

시인은 자갈과 모래알처럼 "켜켜이 쌓인 사람들", 즉 익명의 다수가 "근원"에서부터, 표면에서 발화를 하는 '나'를

'떨리게' 만든다고, 즉 주체의 기반을 뒤흔든다고 말한다. 그러니까 가장 정확한 의미에서 나는 "불안한 진동을 감지하는 바닥"(32쪽)인 것이다. 이렇게 기반이 흔들린 주체의 상태는 '카오스'라는 말로 일컬어지기도 한다. "그것은 일종의 카오스다. '나'는 혼돈 그 자체일 뿐이다."(「시(詩), 시하다」, 265쪽) 김지녀 시에 다음과 같이 수없이 등장하는 '생성·변신'하는 자아의 변주들은 바로 고정된 정체성을 지닌 주체가 부재하는 이 혼돈, 카오스의 구현 외에 다른 것이 아니다.

철자 하나 잘못 쓰인 글자처럼 나는 쓱쓱 지워지고 받침 없이 끝이 없이 펼쳐지고

—「잃어버린 천장」에서

이 순간 나는 유신론자 아니 유물론자 아니 아무것도 아니

—「여진」에서

내 얼굴은 곰팡이 슬어 가는 벽이 되었다가 깊은 우물이 되었다가 하얗고 동그란 달이 되었다가
다시 들여다보면 아무것도 끌어 담지 못하는 그물

—「루나틱 구름에 휩싸인 얼굴」에서

어제와 다른 길을 가며 모습을 바꾸는 달

—「기쁘거나 슬프거나」에서

당신들은

물들어 가는 잎이었다가 구름이었다가

—「천 년 동안, 그늘」에서

고정된 정체성 없이 익명의 어떤 것이 계속 '생성'되고 있다. 그런데 이 생성은 무엇을 빚어내는 생성인가? 정체성 없이 들끓는 다수성으로부터 무엇이 출현하고 있는가? 시인은 말한다.

이름 없이도 따뜻한 입김으로

나무는 하루에 수천 번 다르게 빛나는 잎을 틔우고

—「코하우 롱고롱고」에서

바람을 뜻하는 라틴어 스피리투스 또는 아니마는 두 가지를 동시에 함축하고 있는데 바로 '영혼'과 '숨결'이다. 흔히 '성령'이라고 번역되기도 하는 유대인들의 뤄아 역시 같은 맥락에서 '생명의 바람'이란 뜻을 지닌다. 여기서 시인이 말하는 "따뜻한 입김"은 바로 만물이 살아서 생성되게끔 하는 이러한 바람, 신이 진흙에 영혼이 깃들게 하기 위해 후 불어넣은 입김과 동일한 지위를 가지는 것이다. 또한 시인이 "나는 갈증을 느끼며 파랗게 변해 가는 피부 속에/활공하는 바람의 말들을 기록하고 있다"(49쪽)면서 '갈증'과 '바람'을 대립시킬 때나 "당신과 나는 바람이 가득한 상자랍니다"(53쪽)라고 말할 때 이것 역시 모두 진흙에 영혼을 불어넣는 숨결로서의 바람에 대한 기록이다.(그래서 그녀의 시에선, 영혼의 징표인 바람을 지닌 자들이 나누는 '사랑' 또한 기이하게도 특정한 바람의 모습으로 표현되는 것이리라. 몸 안에 들어선 바람의 가장 통제할 수 없는 파토스적 형태인 '기침' 말이다. "우리는 지구의 밤을 횡단해/ 잠시 머물게 된 이불 속에서 기침을 하고".(46쪽) 이 자리에서 길게 이야기할 수는 없지만, 이것은 신의 입김이 깃든 생명이 정치에 관여할 때 하게 되는 기침, 바로 김수영적 기침과는 또 다른 흥미로운 형태의 숨결이다.)

그런데 만물을 생명 지닌 것으로 출현시키는 이 입김은 바로 "이름 없이도"(42쪽) 자기 과업을 수행하는 것, 바로 익명적인 것이며, 이 생명의 힘으로부터 "빛나는 잎"이 출현한다. 아무런 고정된 정체성 없이 이루어지는 출현이기에, 당연하게도 이 잎은 "수천 번 다르게" 생성한다. 자연 안에서 싹 트고 만발했다가 사그라들어 떨어지고, 어느새 다시 환생한 조상처럼 피어 있는 모든 생명체들, 위대한 익명의 힘의 증언자들을 바라보며 우리가 쉽게 수긍할 수 있듯이 말이다. 그런데 시인은 "빛나는"이라는 찬사를 담은 꾸밈말을 가지고 이 생성이 지닌 '긍정성'을 확인하고 있다. 무엇이, 이 생성의 역사에서 빛나고 있는가?

3 어떤 고고학: 모든 사물이 제자리로 가기 위해 흔들린다

익명적 생성의 이 빛나는 긍정성에 접근하기 위해선, 김지녀 시의 가장 독특한 국면 가운데 하나인 '고고학적 취향' 또는 '고생물학적 취향'을 이해해야 하리라. 첫 시 「耳石」의 화석("언젠가 산꼭대기로 치솟아 발견될 물고기"(16쪽))에서부터 암시된 시인의 이 취향은, 이후 수많은 별난 대상들을 시의 수장고 안에 수집해 들인다. "선사시대의 금 간 유물"(80쪽), "지구에서 가장 오래 살았다는 나무"(49쪽), 멸종한 "콰가얼룩말"(70쪽), 이스터 섬의 해독 불가능한 상형문자 "롱고롱고"(42쪽) 등등. 도대체 이 고물들이 왜 필요한가? 일단 시인이 하듯이 고고학자의 시선을 가지고 지표 아래로, '밑바닥'으로 내려가 보자.

> 여기는 얇은 주름이 잡힌 호수의 밑바닥
> 손톱으로 긁어 보면
> 이곳에 살다 간 사람들 살냄새가 바스스 일어나 말을 건네고
>
> —「루나틱 구름에 휩싸인 얼굴」에서

방 안에서 호수의 밑바닥을 발견하고 그 바닥을 손으로 쓸어 보며 사라진 자들("이곳에 살다 간 사람들")의 흔적, '살냄새' 같은 것을 탐색하는 이는 분명 고고학자의 자질을

지니고 있다. 발굴에 몰두하는 이 시의 고고학적 노동은 다음과 같이 붓을 들고 유물 표면의 '살비듬'을 터는 듯한 몸짓으로 변주된다.

> 가장 부드러운 붓으로 털어도 그 얼굴에서 떨어지는 살비듬은
> 내가 걸어 보지 못한 대륙의 바위이거나 나무뿌리일 것이다
>
> —「먼지의 얼굴이 만져지는 밤」에서

밑바닥에 도달하고자 하는 고고학자의 노력은 심지어 신체(가죽)를 하강의 계측기로 동원하기도 한다. "가장 밑바닥까지 내려가는 떨림의 속도와 강도를/ 나의 가죽으로부터 느낄 수 있다".(24쪽) 그리고 위의 시가 이야기하듯 고고학자가 밑바닥에서 발견하는 것은 생경한 풍경, 한번 발을 들여놓아 본 적이 없는 "내가 걸어 보지 못한 대륙의 바위이거나 나무뿌리"이다. 물리적 공간에 대한 이 기술을 정신의 영역으로 옮겨 놓는다면, 김지녀가 밑바닥에서 탐색하고자 하는 것이 무엇인지 더욱 분명해지는데, 그것은 바로 "얇은 의식 너머의 저쪽, 실루엣"(39쪽)이다. "녹슨 수도꼭지가 저 밑바닥에서 올라오는 물을 꽉 물고 놓아주지 않"(39쪽)듯이 우리에게 익숙한, '의식 상관적인 현금의 표상 체계'가 꽉 막고 있는 미정형의, 정체불명의 '저쪽' 세계에 그녀는 접근하고 싶은 것이다. 이 미지의 영역에 비하

면 평균적 일상이 지배하는 현금의 질서가 가지는 의미는 시인에겐 아무래도 좋은 미미한 것에 불과하다. "갑남을녀 사이에서 갑이어도 을이어도 슬프지 않았다"(101쪽)는 무심한 말이 알게 해 주듯.

그런데 익숙한 질서 저쪽의 실루엣을 잡아 보려는 시인의 고고학적 제스처는 분명 또 한 사람의 고고학자의 발굴 작업을 떠올리게 하지 않는가? "의식에 전적으로 주어져 있는 것이 아닌 규칙들"(M. Foucault, *L'archéologie du savoir*, Paris: Gallimard, 1969, 274쪽)을 탐구하는 고고학자, "우리가 친숙해 있는 분절들과 분류들을 문제시해 보아야 한다."(같은 책, 32쪽)는 자 말이다. 이러한 고고학적 의혹이 바로 열 개의 손가락을 지녔으면서도 아홉 개의 손가락으로 글을 쓰는 시인의 정신 한구석에 도사리고 있다. 열 개의 손가락은 그 자체 충족적인 표상 체계처럼 보이지만, 시인의 불길한 눈길에 그것은 하나의 손가락을 잊어버리고 있는 체계이다. 우리 의식이 매우 익숙하게 정상적으로 받아들이는 그 열 개의 손가락이 불완전하다는 것을 폭로하고 거기에 타격을 가하며, 마침내 평균적 일상의 시각에서 볼 때 완벽히 정돈되어 보이는 그 표상 체계가 허물어지게 하는 것이, "얇은 의식 너머의 저쪽"을 바라보는 화자가 노리는 것이다. 하도 아름답고 잘 세공된 공격성 없는 언어들 사이에서 이 일은 이루어지고 있어서, 그것은 희석된 알코올처럼 위협적인 향기를 거의 만들어 내지 않고서 은폐된

채이지만 말이다.

도대체 열 개의 손가락을 위협하며, '밑바닥'으로부터 출몰하고 싶어 하는 저 '정체불명'의 잃어버린 손가락, 이름 없고 내용 없고 표정 없는 그 익명의 것은 무엇인가? 시인에게 그것은 아홉 개의 손가락의 부족을 매워 줄 완벽한 열 번째 손가락이지만, 열 개의 손가락 모두를 이미 구비한 평균적 세계의 관점에선 곤혹스러운 권리 주장을 하고 있는 열한 번째 손가락이다. 늘 넘치거나 모자라는 저 손가락, 그래서 표상의 안정성을 붕괴시킬 폭발물과도 같은 저 손가락은 마치 살아 있는 자에게 찾아온 그의 시신(屍身)과도 같다.

시의 언어는 언어적 표상 체계에도 타격을 가할 — 이 국면과 우리는 곧 맞닥뜨릴 것이다 — 이 위협적인 미지의 사물을 드러내 줄 수 있을까? 시인은 이미 시의 사명을 '규정할 수 없는 것', 즉 '정체성을 부여할 수 없는 익명의 것'을 가시화하는 작업이라 설정한 바 있다.(이렇게 말이다. "쉽게 규정할 수 없는 마음들을 단 하나의 말로, 눈빛으로, 옮기는 일"(「첫 번째 고백」, 31쪽)) 그래서 멸종한 콰가얼룩말 한 마리를, 그러니까 평균적 의식의 지표면을 꿰뚫고 들어간 어두운 밑바닥에서 손가락 같은 뼈로 발견될 말 한 마리를 시의 지평에서 발굴하는 일이 벌어진다. "얼룩말이면서 말이기도 아니/ 얼룩말이 아니면서 말도 아닌"(70쪽) 그런 점에서 정체성 없는 이례적인 말이 모습을 드러낸다. 이 말의 출현은 현금의 표상 체계 안에 담아낼 수 없는 곤혹스러운 존재의 난입이며, 결국 그것은 우리에게 익숙한 질서를 이렇게 무너뜨린다.

> 아빠이면서 엄마이기도 아니
> 아빠가 아니면서 엄마도 아닌
> 우리가 콰가얼룩말처럼
> 정직한 종족으로 살았으면 좋겠다, 생각했다
>
> —「콰가얼룩말의 웃음소리」에서

우리가 익숙해 있는 가장 기본적인 질서 체계(아빠-엄마)를 교란시키는 괴이한 사물에게 붙은 저 "정직한 종족"이란 명칭은 이 교란이 가져오는 긍정성을 더욱 분명하게 하고 있다. 때로는 사물들의 질서 배후를 와해시키는 '지진'이 콰가얼룩말의 역할을 하기도 한다. 우리의 질서 체계 내지 분류 체계를 와해시키는 것이 고생물학자가 발견한 콰가얼룩말의 뼈들이라면, 지진 역시 우리 몸을 통과하며 고정되어 있는 사물의 분절들을 해체한다. 요컨대 분절되는 지점들을 지배하는 경첩들이 지진의 타격 아래 떨어져 나가고 비로소 뼈들이 움직이기 시작하는 것이다.

> 수백 개의 뼈가 움직이기 시작한다
> (……)

……모든 사물이 제자리로 가기 위해 흔들린다……

— 「여진」에서

여기서 "모든 사물이 제자리로 가기 위해 흔들린다"는 표현은 앞 시에서의 "정직한 종족으로 살았으면 좋겠다"는 구절과 정확하게 호응한다. 모든 질서를 와해시키는 지진은 사실 사물들을 "정직한 종족"의 자리 또는 "제자리로" 돌리기 위한 힘인 것이다. 그리고 그 힘을 우리는 이미 "수천 번 다르게 빛나는 잎을 틔우"(42쪽)는 익명의 "따뜻한 입김"에서 확인한 바 있었다.

이렇게 현금의 질서와 표상 체계에서는 발견할 수 없는, 그러므로 정체와 이름이 없는 '모든 사물의 제자리' 또는 '정직한 종족의 자리'에 도달하기 위해선 지표 밑을 들여다보게 해 주는 장치들, 고생물학이나 지진이 시인에게 필요했다. 그런데 그 "제자리"라는 것은 정말 우리에게 익숙한 모든 것의 와해를 감수하고도 한번 가 보아야만 하는 곳인가? 도대체 거기서 어떤 미지의 사건이 기다리고 있기에?

시인에게 그 사건이란 무엇보다 새로운 말의 세계가 출현하는 사건이다. 즉 새로운 사건은 마치 시인이라는 직분을 눈여겨본 듯 김지녀에게 언어적 차원에서 도래하고 있다. 시인은 현금의 표상 체계 안에선 하나의 정체불명의 수수께끼로 남아 있을 뿐인 고고학적 대상을 손에 집어 든다. 바로 이스터 섬의 해독되지 않은 상형문자 '롱고롱고'

말이다. 그리고 이내 그 문장은 우리에게 가시적일 수 있는 형태, 즉 해독된 형태로 제시되는데 그것은 우리가 가진 표상 체계 안에서는 도저히 존립할 수 없는 기이한 사랑 이야기이다. "모든 새들이 물고기와 교미했네 그리고 해가 태어났네".(42쪽) 기이한 사랑, 낯선 관계, 낯선 출산, 낯선 세계의 침입이 이렇게 일어난다. 혹자는 이 침입을 '모든 정렬된 표층과 모든 평면의 해체'라고 일컫고 싶어 했을 것이다. 그리고 롱고롱고의 언어로부터 다시 시인의 언어가 이렇게 태어난다.

> 새소리 같기도 하고 물고기 지느러미 같기도 한 말들로
> 안부를 묻고
> 사랑을 하고
> 슬픔을 어루만졌지, 롱고롱고
>
> —「코하우 롱고롱고」에서

그것은 현금의 표상의 중심에 있는 인간의 말이 아니다. 고정된 자리나 실체성을 지닌 어떤 자의 말도 아니다. 새소리에서 물고기 지느러미의 느린 율동으로 이동하는 언어, 정체를 집어낼 수 없는 변신하는 언어가 그것이다.

이 세상의 구획과 질서가 그러한 언어를 참아 낼 수 있을까? 물론 세상은 침입자가 만들어 낸 틈을 통해 깨어져 나가는 것을 증오한다. 그래서 시인은 이 시집의 어느 한구

석에선 세상의 견고한 질서에 부딪힌 언어가 겪는 고통과 어려움을 토로한다. "다정한 눈빛을 보내지만, 묵음의 이야기만이 눈동자를 맴돌다 흘러나온다".(46쪽) 언어는 침묵 속으로 움츠러든다. 그러나 결국, "묵음" 속에 머무는 저 사랑하는 이들을 위로하듯 새들과 물고기들은 하늘과 바다를 뒤섞은, 있어 본 적이 없는 공간에서 사랑을 나눈다. 그러곤 이 시집의 모든 시들의 탄생 자체가 증언하듯, 우리가 익숙해져 온 질서와 의미 체계를 파괴하고 걷어 내는 말들이 도래한다. 그런데 대체 무엇을 위해 이 파괴를 대가로 치러야 하는 걸까? 시인이 말하듯 그것은 안부를 묻고 사랑을 하고 슬픔을 어루만지기 위한 이유 외에 아무것도 없다. 그런데 안부와 사랑과 위로의 언어를 우리는 가져 본 적이 없었던가?

아니, 그것은 늘 곁에 있었지. 그러나 오래 돌보지 않은 창문 밖 황혼처럼, 오늘도 아무도 모르는 동안 인사와 위안과 사랑의 말들은 어두워지는 지구의 어느 외진 곳으로 빨려 들어가려 한다. 내일도 그럴 것이다. 급류에 휘말린 어린아이를 붙잡듯 시를 써서 말들을 보호하지 않는다면……. 그래서 시인은 꼭 붙잡아 본다. 늘 옆에 있었으나 시인 없이는 깨어나지 않았을 말들을, 그러므로 하나의 삶을.

김지녀

1978년 경기도 양평에서 태어나, 성신여대 국문과를 졸업하고 고려대 국문과 박사과정을 수료했다.
2007년 「오르골 여인」 외 5편으로 《세계의 문학》 제1회 신인상을 받으며 등단했다.

시소의 감정

1판 1쇄 펴냄 · 2009년 10월 20일
1판 4쇄 펴냄 · 2020년 10월 14일

지은이 · 김지녀
발행인 · 박근섭, 박상준
펴낸곳 · (주)민음사

출판 등록 1966. 5. 19. 제16-490호
서울특별시 강남구 도산대로1길 62(신사동)
강남출판문화센터 5층 (우편번호 06027)
대표전화 02-515-2000 / 팩시밀리 02-515-2007
www.minumsa.com

ISBN 978-89-374-0775-8 (03810)